# 聽夜在說話

圖·文　**蔡沐橙**

獻　　　給

過　去　的　我

# 序

高毓莉

　　當夜晚來臨時，褪去白晝的色彩，與灰黑的世界並行，獨語著寂寞。

　　《聽夜在說話》這本書透過圖像敘事，畫作在說話，文字也在說話，在說與聽之間，黑與白的對話框中，筆尖墨走，思忖「活著」的意義，透過簡單的線條勾勒出名為「巴庫點點」的人形，在線條之內，探索孤獨的本質；在線條之外，尋求自我與生存的連結。

　　　　說著毫無邊際的想法，畫著不具名的線條。（〈一事無成，只好畫畫〉）

　　　　泛黑的日子，紙間刷橫漫步，拾起，歲月的行走。（〈筆在走〉）

　　創作是作者藉由天馬行空的想像，找出自我救贖的方式，解嘲自己的一事無成，轉身遊走於畫作世界。筆在走，歲月在走，線條碰撞出的缺角是生離死別的聚散，最終直奔死亡的恐懼感，但過程中的繁星點點，彷彿是墮入黑洞，而與之互相抗衡並牽引向上的力量，那便是夢想。

雖然現在是在黑暗的洞窟當中，右前方的小光點，
用爬的也要靠近啊。（〈致夢想〉）

　　構築夢想無非是由自我認同延伸出的希望與抱負，
而自我理想的呈現，在層層堆疊下投射出的樣貌，到底
是為了符合社會的期待，還是源自內心的吶喊，對自己
的理解與接受？

妝點你小小世界的白色大門，彩繪你小小宇宙的
寂寞枯寂。
妝點你小小世界的綠色塵埃，踩穢你小小宇宙的
幾乎孤寂。（〈棄〉）

　　打開大門，是通往世界的通道，當純白宇宙沾染了
綠色塵埃時，小宇宙產生原子力量，迸發出巨大的迴響，
「彩繪」後的「踩穢」，曲折後回歸到原型的自我定位，
「我」便成為宇宙中既渺小又獨特的存在。《愛麗絲夢
遊仙境》中，愛麗絲向柴郡貓詢問自己該往什麼方向前
進，然而，方向是什麼？每個人其實都是愛麗絲，都在
尋找自己的方向，只要一直走下去，自然能打開任何一
扇大門，這就是生命的解答。
　　解構之後的重塑，才能完整自己的人生，因為多了
對待自己的溫柔，並享受著孤獨，一如作者所言：

噓！偷偷告訴你，這是我的小小練習曲，至於練習什麼……
噓！（〈練習曲〉）

　　練習傾聽自己內在的聲音，在一個人的舞台上，也能演奏屬於自己的音符，「慶幸這樣的我，都還是我」，撫慰靈魂深處，在脆弱感知中體察與覺醒，並善待每一個時期的「我」。
　　閱讀《聽夜在說話》的讀者，相信可以與「巴庫點點」一同面對成長的哀矜悲喜，進而歸位童年，並沉澱青春的徬徨，成為理想的自己。
　　此文僅獻給我的學生──蔡沐橙。


＊高毓莉，現為高中教師。

# 自序

　　2017 年 1 月 1 日開始，給自己一個期限，每天在睡前必須要完成一幅作品以及文字。這是一個遊戲，也是個約定。

　　其實我的啟發是來自於《NARA 48 GIRLS：奈良美智 48 女孩》裡面有很多的女孩插圖也有簡短的文字敘述，像是自我呢喃像是對世界說話。我發現原來還有這樣的方式，於是我開始覺得自己好像也可以這樣做到，所以我開始嘗試。從那個時候開始，我寫一些短的詩句，抒發我對生活的困惑還有活著的壓力，對一事無成的自己的焦躁。一個迷茫的過程，被我日復一日地記錄下來。

　　沒有想到可以在這個時候，結集成一本書，透過這個方式跟你見面。

　　有一陣子我很喜歡問人：「你什麼時候會覺得自己很渺小？」因為我總覺得我是一個渺小的自我，平凡又普通的不得了，但我喜歡岑寧兒的《追光者》歌詞裡面的「你看我多麼渺小的一個我　因為你有夢可做」。這不是我正在經歷的嗎？

　　巴庫點點是在 2017 年 05 月 22 日誕生的。那次是我在台北旅行看「相思巴黎館藏常玉展」、「劇本－吳敏興創作展」、「印象・左岸　奧塞美術館 30 週年大展」，

看過簡潔、看過憂鬱、看過經典，於是揉捏出黑色臉孔沒有雙手的巴庫點點。

　　憂鬱也許是一個管道，一個活著的方式，其實活著這件事情，到頭來還是自己說了算，自己決定。

　　我也之前跟人分享，我覺得巴庫點點如果被人看見，也許會有人說這麼簡單的人物線條，沒什麼，但是如果小孩看到，也許可以跟他說：「你看，像這樣的也可以成功，你的也可以！繼續創作吧！不要小看自己」。

　　我想看見這樣的漣漪，所以就算被人說這連小孩都會畫，好像也不再那麼痛苦了。那後來呢？我會成為怎麼樣的藝術家呢？如果我的作品有哪一句話，讓你覺得不孤單，原來也有人是這樣想的，就覺得太好了，太好了。

　　存在終於有了意義。

20211128 蔡沐橙 夜裡

# 目次

# 一事無成　只好畫畫

你舉不起　快樂的權杖
你發不動　幸福的引擎
你甩不開　低落的面容
你敲開的　坑坑文字
你線條的　花花草草

那都不過是　最後一絲的　緊緊抓著的

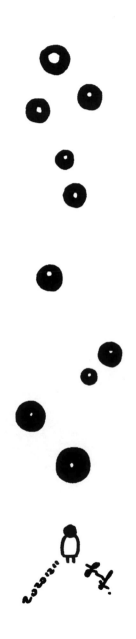

活下去的
活下去的
活下去的
的
一事無成

20170124

# 是為了這一條線　姑且活著

難道不為想著
「為了什麼活著」而活著嗎？
綿延的生命
從母體那裏得到的血與肉
怎麼呼吸　怎麼感受　怎麼情感戰鬥

為了找到活下去的原因
只好先暫時活著

說著不負責任的藉口
談著毫無邊際的想法
畫著不具名的線條

2020 12 12 kf.

這就是長大了
　是成熟的行為嗎
　還是應該更多偽裝
　　只要層層的包覆
就可以成為世界希望的形狀

是大宇宙的期盼　還是　只是

　只是？
只是思考「為什麼活著」
就代表不想活了嗎？
好奇怪啊，好奇怪

　為什麼不思考了？

為什麼不思考自己為什麼活著

只是單純的

活著

?

20170126

03

# 筆在走

空白的腦袋
筆尖沾墨行走

我知道妳會出來
幽暗不明的情緒
書寫著寂寞的字句
落在
泛黑的日子
紙間刷橫漫步
拾起
歲月的行走

20170218

# 好令人畏懼啊，死亡

就算才氣啊
也抵不過命運的召喚
就算年紀啊
也藏不住時光的扭轉

就算明知生命在倒數
拼命的追
就算肯定歲月在流逝
奮力的跑

還是恨恨地
　邁向著

唯一的死亡啊

20170219

# 生離死別

從繁雜的生活中　你以為是重複的呼吸
從單調的日常裡　你認為是線性的心跳
就從那眨眼不動　開始
就自這指間暫停　啟程

生與死
沾水筆的筆頭　折了一個缺角
離合

活與亡
斷了一個人生
聚散

20170219

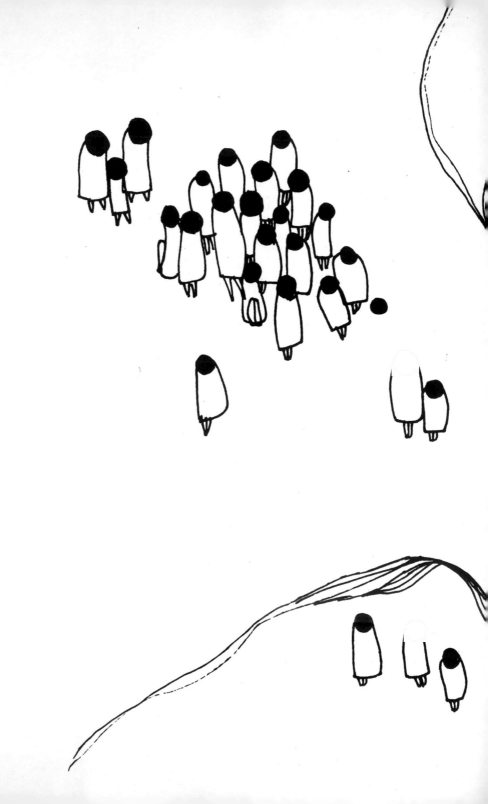

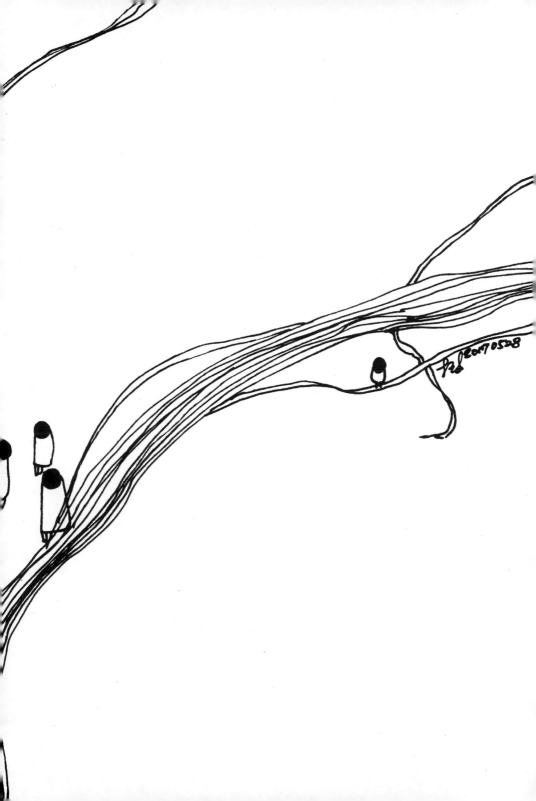

## 06
# 一樣

今天也是一樣嗎
嗯　一樣
謝謝

2018.07.07 弘

多美好的一樣，沒有改變的平常
如同的早晨，相似的問答
多好，就連呼吸節奏都天衣無縫

還有多少個　一樣　可以揮霍

20170224

# 07

# 致夢想

致一群　有夢想的人
閃閃發亮的眼神　充滿自信的步伐

背後可能是多少　糾結無解的星空夜晚

雖然現在是在黑暗的洞窟當中
右前方的小小光點　用爬的也要靠近啊

然後再一步一步的完成自以為是的夢想
雖然它並不是不動的　也可能隨著時間達到攻頂

又發現還有可以走下去的美好風景

別忘了啊
登上至高點

並不是夢想的最後
而是沿途的景色與變化
它們才留在心裡面

20170303

08

# 熟悉的陌生

呼吸的頻率在空氣中渲染
相同的燈光卻刺眼的無法睜開

急著想逃的躊躇不前
一切的都是這麼熟悉　又陌生

20170323

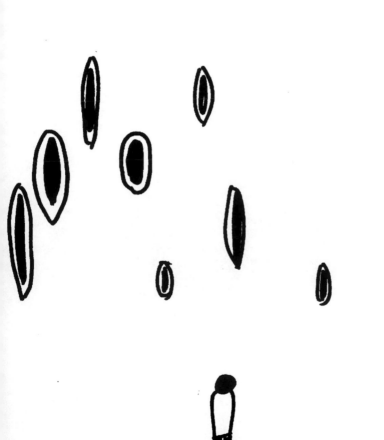

20 2013 27

# 09

# 若你也帶走我

妳的背影　是妳的壓抑
而妳的離開
也帶走一部分的我

他們不會明白字裡行間的透露

即使已經用盡全力的擺手
掙扎的
吶喊的
無動於衷的
無法前進的
憂鬱

雖然一個離地
挑起了幾個回應

但時間的洪流仍把妳帶走

也許
留住的唯有妳　曾存在的痕跡

該說離別的哀傷嗎
不，我們從來沒見過

只是
也想跟妳說一聲
「再見」

20170430

# 睜著眼的睡眠

你在最深的夜裡面
就算是微暈的月光

都把寂寞照亮的晶瑩剔透
無可遮掩的赤裸
放生的眼淚
斷線的墜落

最無聲的吶喊
結果呢

還是一場惡夢
只好草木皆兵的

等待黎明

20170513

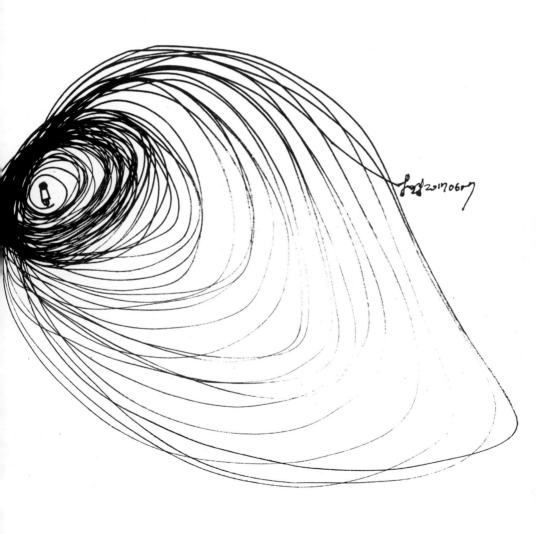

## 11

# 遷

你從哪裡來
妳要去哪裡

帶著什麼
丟棄什麼


害怕什麼
期待什麼

每天每天看似珍貴的 24 小時
就在選擇　選擇　規則　規則
之中

消失了
而我們

到底要去哪裡⋯

20170527

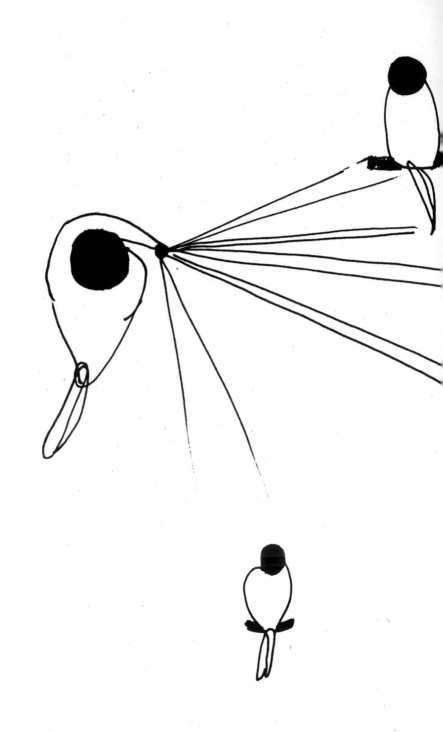

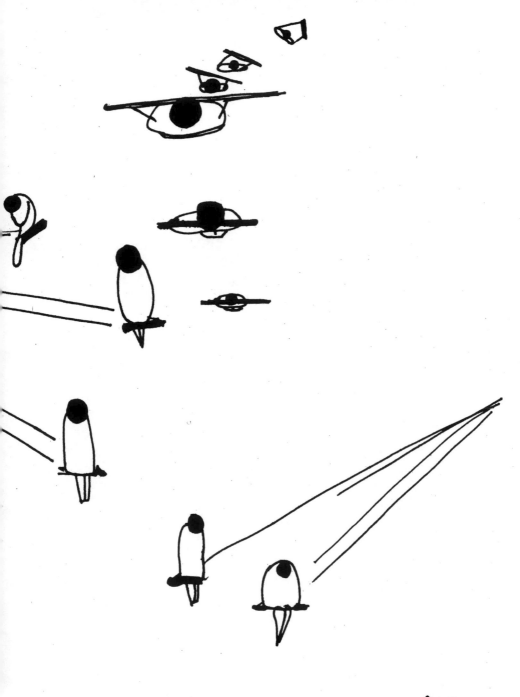

12

# 我想你了

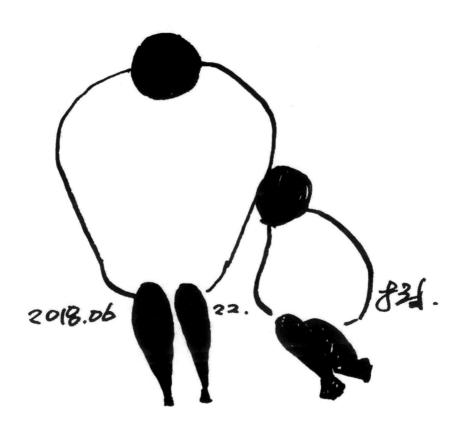

2018.06 22.

我想你了
於是
我塑造
了一個你

把你捏成我喜歡的樣子
讓你放入可以融化如水的熔爐內

不管如何
不管在哪裡
都可以順勢滑進我心裡面
的你

於是我想你了
於是我在茫茫人海裡
尋找你的樣子

20170528

13

# 安慰

2018.06.22 阁.

微風輕拍我的眼睫
樹梢搖擺她的安慰
我把深深的嘆息
都　植入大地

他無條件的接受

雲裳吃了　　山鋒
悲傷吞了未來

我把　淺淺的呼吸
都輸出紙張
他　無條件的接受

「謝謝」

20170529

**14**

# 分手

盡了全力小聲哭泣的滋味
費盡心思溫柔講話的矛盾
假裝沒事嘻嘻鬧鬧的眼神
任憑直覺騎車回家的眼淚

　　我失　　戀了

我與世界　　分手
我沒有辦法愛你

沒辦法感受妳
沒辦　　法感受你

20170601

# 15

# 妳們想看到什麼

太多可以使用的詞彙
墜飛在宇宙之間
謹慎的挑選

你說怎麼辦
那些總覺得妳不足夠的那些

你想從哪一個你

身上　摘下來

20170605

2018.06.22한밤.

16

# 極限

生命是無限的
循環嗎

那這次我想看看
會怎麼進行

不管如何

「走吧」

20170608

17

# 畢業典禮　齊柏林

這一次，誰離開。

　　這一天
有人畢業
　　從學校


這一天
有人畢業了
從人間

20170611

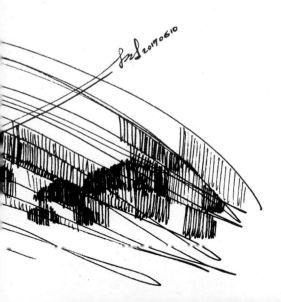

# 謝謝你看見我

一陣風吹來
我想為你祈禱　祝福
因為你的歌聲感動了

茫茫人海中與你相遇
最多的語言都化作音符
旋律代表我的心
線條是連結了世界

一期一會的再見
一朝一暮的謝謝

轉過幾圈巷口　繞過幾個街角
該來的的等待　會來的期待
就靜靜的　靜靜的

總是會見面的

...

20170704

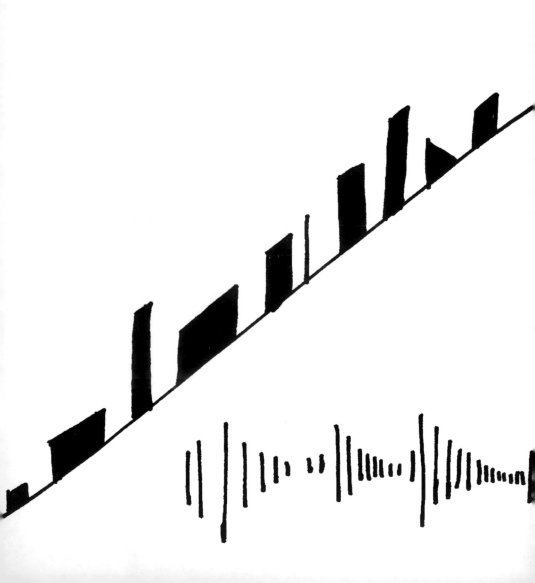

2021.02.23 ·

19

# 志

雖然妳聽過蝴蝶效應
也許知道震盪拍動的力量

雖然懷疑自己
可是
真的別忘了

葉片乘風順在　飛舞短暫的旅程
果實甘願落在　沉穩安定的此刻

終究都是
　　此生的決定

20170711

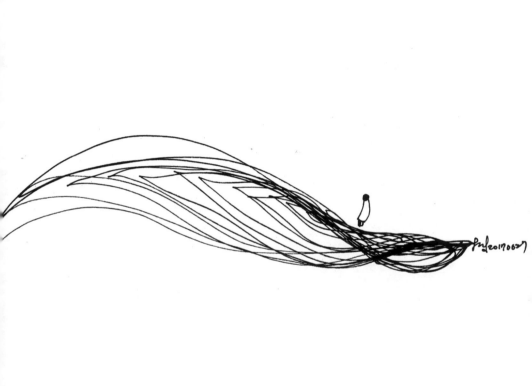

# 20

# 直覺

殘華中的路
小世界的糾結
都反反覆覆的發生與揉裂

剩下的是　純粹能剩下的
能不被時代沖走的
是順著水流　還是離開表面

　　我不知
　　　　道

20170711

21
# 通訊

你在壓迫的時間
是不是可以碾碎詞窮的懊惱
你在緊急的時間
能掏出華麗的句型

天空漫下了的飄飄的葉片
風中夾雜的是誰的嘆息
耳邊傳來呼喚的　短音
你手裡握著是誰　的連結


在這個世界
你打算怎麼共鳴

　　心跳

　怎麼呼吸

20170711

# 你比誰都知道

那些騙子們的
就躲在
你以為看得到的地方

20170712

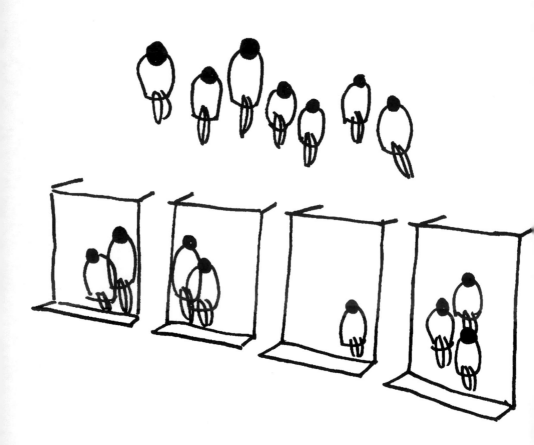

2020.12.12 東信.

23
# 練習曲

噓
妳不必跟別人說　妳的練習
噓
妳不必在意別人說了什麼
噓
妳可以好好的　思考怎麼進行
噓
全天下背叛了妳
妳的努力　絕不離棄妳
噓
偷偷告訴你
這是我的小小練習曲

至於練習什麼⋯

噓

20170828

10201225 Fif.

24

# 慶幸

20210421 ﬩

你知道這時間到該睡
妳知道今天月暈開了
你想到發生好多事情
妳明白明天未完待辦

可是偏偏眼皮的重量
還蓋不過我們的思緒

可是偏偏呼吸的頻率
還喚不住跳躍的情緒

如果今天的明天
如果明天的今天

希望
我們都慶幸還是這樣的我們
「慶幸這樣的我，都還是我」

20170926

# 25

# 煩

煩　妳覺得呼吸的空氣　都黏稠
煩　妳覺得眨眼的瞬間　都厭倦
煩　妳覺得事情的持續　都無解
煩　妳覺得生活的日常　都崩潰
煩　妳覺得興趣的延伸　都頹廢
煩　妳覺得天賦的呈現　都浪費

你說
「除了煩　還有什麼更貼切」

20171003

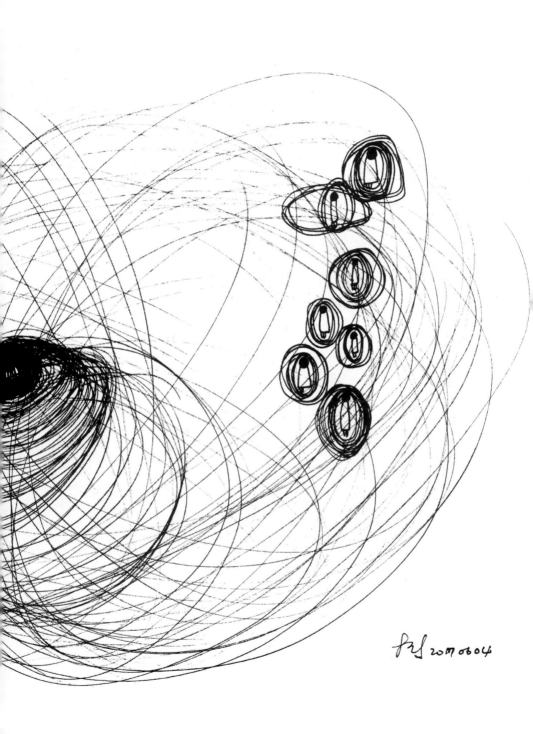

# 棄

你什麼開始時常恐懼
哪種不懂為什麼害怕
同時也不懂如何快樂
就是
妝點你小小世界的白色大門
彩繪你小小宇宙的寂寞枯寂

迴音
「不
　沒有」
連迴瀾
　　　　　都沒有

你其實從來無懼黑暗
那種害怕心情常圍繞
同時也清楚開心本質
裝點你小小世界的綠色塵埃
踩穢你小小宇宙的幾乎孤寂

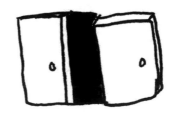

迴避
「不
　　沒有」
連回頭
　　　　都沒有

20171014

2018. 07. 22 옹이

# 27

# 白色大門

一段接近自白的敘述
一篇傾向白目地序文

和著短短小小的日常
以及凌亂的生活步調

腦中閃爍出來的文字
堆堆疊疊的不費力氣
通通被貪婪吞食進去
像是殘忍的扭擠壓抑
所剩無寥的片段詞彙
大聲的　呼喊　　　　　著
　　敲拍　　著　撞　擊的

是你白色大門的矮窗
還有藏在地板縫隙的
從那邊傳來飄逸音符
驚覺清醒的矛盾懷疑
白色大門中綠色塵埃
大聲的　呼喊　　　　　著
　　敲拍　　著　撞　擊的

20171014

2018.07.03 효진.

# 我想你

我想你　我真的想念你
我想你　我真的沒騙你
　　　　　　　　的想你

但是
　　　我想的是哪　個你
還是從哪裡
　　　　　拼湊出來的　　你
　　　或者　根本沒　有你

只是活在這個飄渺感
沉重文字世界裡的你
與無法慰籍的渺小我
那是妳多深沉的痕跡

好可惜　為什麼訴說著
無法感　受這如實的你
就算一天一天的盼　啊

就是　　　　　　　想念你
而　　　　你　　　在哪裡

20171103

2019 0524

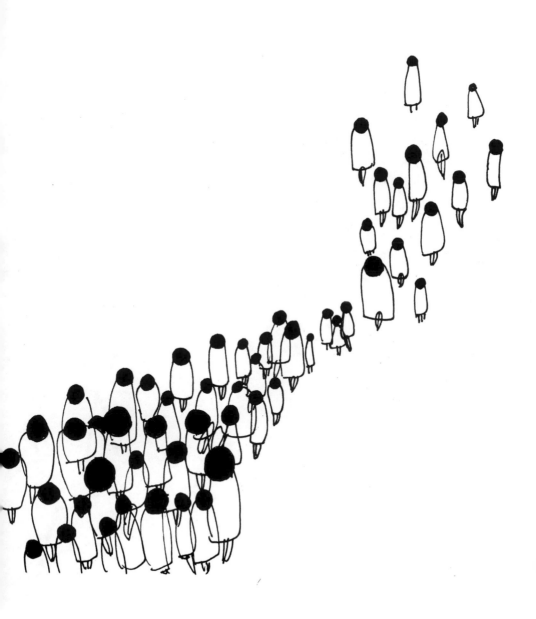

29

# 遮羞

我赤裸裸的站在　你的面前
用最脆弱的肉體　與你相見

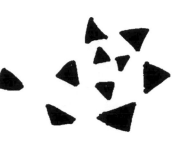

不是線條勾勒出來的女性軀　體
不是顏色拼接出來的　曖昧神韻

是眼眶泛紅　淚水直奔的閃爍星芒
是思緒橫飛　詞彙亂竄的呆滯無解

可惜的是我　不是你想像的你
可惜的是我不　是你相像的你

因此我在這裡
是妳描繪的，眼前的妳

「到底會存在哪裡」

20171103

2021.02.25 林

# 30

# 循環

20201205 林.

　　　　　　　　　　　　　狀況 1
　　　　　　　　　妳反反覆覆的告訴
　　　　　　　總是期待那個更好的自己


狀況 2
反反覆覆地告訴妳
　總是自己期待那個更好的

狀況 3
告訴自己　妳反反覆覆
　期待總是那個更好的自己

狀況 4
反反覆覆妳　告訴的
那個總是期待更好的自己

20171117

# 對話

你問「寂寞的時間在哪裡」

我說
「就在呼吸裡面
　　在螢幕上面　在臉書裡
　　在通訊軟體裡
　　在與人之間的視線裡
　　在手指敲打的鍵盤裡
　　在懷疑躲避的時空裡
　　在詞不達意的面談裡」

她在旁邊補充
「是日日夜夜的分秒鐘
　　是海枯石爛前的謊言中
　　在天荒地老前的來不及」

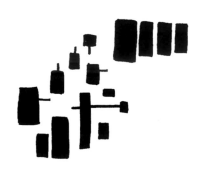

你問「孤單的時刻在哪裡」

我說
「孤單梳齊髮絲裡
　在已讀不回裡
　在無言以對裡
　在刻意迴避裡
　在自以為是裡」

20171203

**32**

# 圓圈

你以為走在雨上泥濘的濕地
那是先前比較晴朗的落葉子
抵達在這片土地與母體連結
文字渲染著的是多大的盼望

然而
在這關鍵的時刻你竟然錯覺
時光與日期前後殘影著歲月
千篇一律的循環遊戲甚疲累

妳說這是多麼弔詭的日常規則
妳說「像是一個圈一樣的生活
沒有起頭像是靜靜的等待著的
那一剎那活著期待著我們結束」

仍是想對說妳一聲
　　　「辛苦了，今天」

20171214

20210406

**33**

# 記憶

妳恨恨地盯著天花板
想像著多麼層次的白
交疊在一起的多愜意
還有外頭風聲的鶴唳
些許的片段的殘破的
拼拼湊湊的拾起記憶

20180606

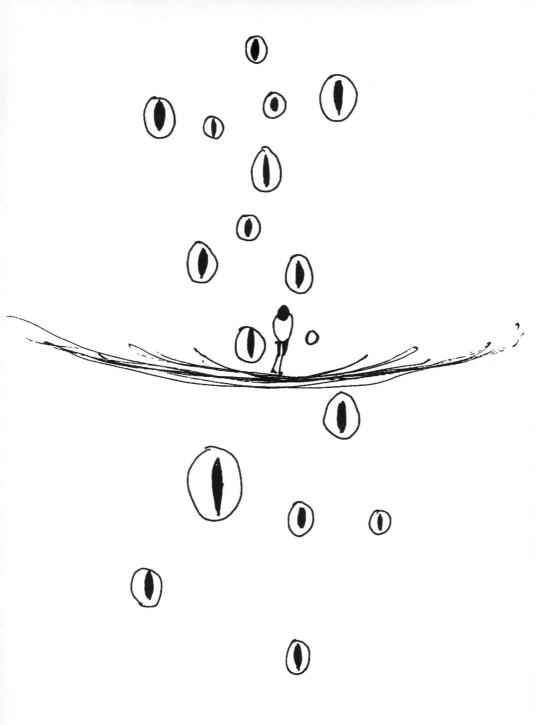

# 34

# 時間

聽你說
時間彷彿開始移動了
就像指針那樣輕鬆的動

是腳底傳來的與土地的連結
陣陣的實感
還有眼睛的視野
聚焦的

你說
齒輪是卡著卡的轉動
秒針位移的
也許是一片嶄新的

「今天」

20180620

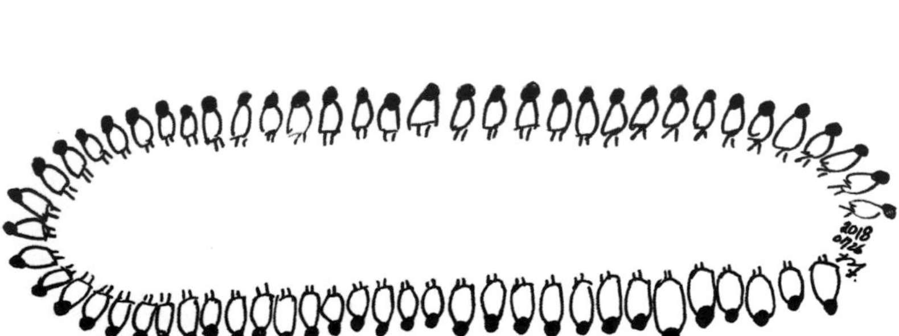

# 默

你的眼淚乘載著藍色憂鬱
就如同顏料的明暗變化
開始以藍為主的色調

把年份當作調色盤
每個月都是一格位置
今天則是在筆尖暈染下

我多想擁抱你的彩度
多想擁抱你與紙痕間的距離
以及刻在紙背後的呼吸

20180620

# 弔詭

我們手裡面握的
是價值連城的寶藏
可惜
卻不知道它的用途
就連它的珍貴
還要一一的確認
是否屬實

20180725

ﾉﾑ2ﾉ 12ﾉ5

# 青春

逐漸成熟的臉龐
稚氣凋零的圓圈
是歲月的刻痕
是日期的撕裂
是時間的詭辯

20180725

20201227 弘.y.

38

# 站在原地想起你

黑夜轉身而去
黎明帶起奇蹟

任我的思緒游走
天馬行空的觸動
時間它會走過
你是否還會記得我

物換星移是不變道理
而我們卻認識在這裡
相遇是偶然
離開是必然
而我會在這裡　　想起你

20190327

2021.0304 병아리.

# 39

# 重要的是

你總是以為得到某個東西
生活就會變得幸福
沒有煩惱

但事實上
日常中重要的東西
往往摸不到
也沒有保存期限

20190410

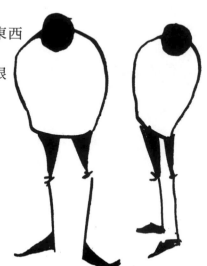

2018.08.09

40

# 如何相遇開始

我與你相見，是一個奇蹟
但我擔心你認識真實的我
因為並不是時時晴朗模樣

也許我也會黑暗迷失方向
也許我會落入俗套爛決定
也許我不是那麼堅強可靠
也許我沒有那麼熱情陽光

繞來繞去還是個渺小個體
不敢要你知我的憂愁焦慮
糾結矛盾的心態如何能停
我乞求上天別讓你發現我

20200405

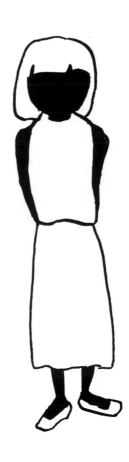

# 隱晦的説

凝視著你的眼睛
不帶你的稱呼
忘掉你的經歷
把你當成一個人的看著
我對你的感情
從瞳孔的折射
我想我是喜歡上你了

20200512

# 情緒勒索

別再說了
你的勒索我不想接受
但你像個獸
無所用的垢
想要剝奪我身上的有

一樣的劇情
可不可以不要再重頭
我不是你的狗

20200520

2018.08.09

# 揣測中說愛你

我不知道你的感覺
所以我猜測的比想像多
往前一踏
又退著兩步
等於沒有往前

我該怎麼對你訴說
只好繞著圈
延著一條底線遊走
什麼時候才能到你面前
說聲
愛你

20200526

2018.06.21 안녕달

# 寂寞

寂寞
是在夜裡
無人訴說

徹夜難眠
翻來覆去
無人能懂

其實我也想
隨夢睡去
只是
敵不過
腦袋思緒
於是清醒

20200904

2018.06.22. 윤상

45

# 害怕

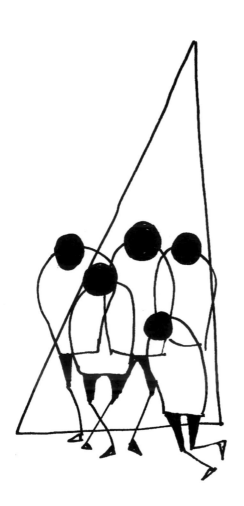

2020.12.06 高子.

我害怕自己
我害怕著自己
我害怕只剩自己
我害怕還有自己
我害怕一個自己
我害怕陌生的自己
我害怕活著不堪的自己
我害怕一事無成的自己

20201125

# 46

# 活成自己的模樣

不會
沉
默太久
因為你忍受不住過多的孤寂
你會說出來　你內心的話
哪怕不動聽
應該也會被文字保留起來

到底循環多少次了
我們還是學不會
於是日復一日的重來

每個人都有屬於他的理直氣壯
每個人都有它存在的原因
保持著最原廠的設定
活在自己的樣子裡
也沒有什麼不好的

20201128

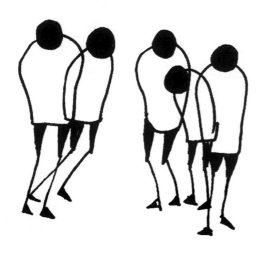

20201217 叻f.

# 地震

一切大事都變成小事
一點小事都成為大事

20210418

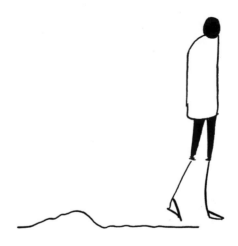

# 璀璨

致　朋友

多渺小的自己
也是可以的
不一定要和誰一樣
成為自己就夠好了

我不是孤單的
因為有你

20211025

2021.2.23

# 後記

我

一個平凡又渺小的自我，走在徬徨的路口，多少的日子裡面，痴痴地等候有人來救我。壓抑的情緒跟不安躁動著我的憂愁，不是假裝灰暗，是真的無法衝破恐懼的枷鎖。

所以我創作、我繪畫、我寫歌、我用力活著。

心裡面存在的懷疑與困惑，不知道可以跟誰說。才將那些的那些用筆輸出，想要逃向出口。「創作」那是必須要做的事情，如果不這樣揮霍著自己的時間，能量的浪費，轉移注意力，也許我沒有辦法撐到明天早晨看見太陽閃耀。

走一個在大口呼吸，焦慮的清新中，生活過著平淡又改變的。細數走一步算一步的日常，眼睛瞇著看，全世界的美好都存在，只是有時候老天忘記了我，讓我仍在迷茫中。

但是不必擔心，因為我已經有了巴庫點點。他的出現讓我感覺到原來自己的創作除了可以自我安慰，還有機會可以陪伴別人。於是我成為一個有力量的人。

在腳下的草以及不再缺氧的呼吸，碰撞吉他撥彈的起承轉合，邁開步伐像輕盈的舞鞋，還是會無自覺的揣摩著憂愁的淚，拭乾之後，喚醒今天。

我有一個計畫，不知道自己何時會離開，於是想到了一個辦法，那就是讓我的作品比我活得更久，於是我持續創作，希望這個計畫能夠成功。
　　而還在
　　我

20211123 蔡沐橙 夜裡

讀詩人149　PG2634

 **聽夜在說話**

---

| 圖 & 文 | 蔡沐橙 |
| --- | --- |
| **責任編輯** | 孟人玉 |
| **圖文排版** | 黃莉珊 |
| **封面設計** | 蔡瑋筠 |

---

| 出版策劃 | 釀出版 |
| --- | --- |
| **製作發行** | 秀威資訊科技股份有限公司 |
| | 114 台北市內湖區瑞光路76巷65號1樓 |
| | 電話：+886-2-2796-3638　傳真：+886-2-2796-1377 |
| | 服務信箱：service@showwe.com.tw |
| | http://www.showwe.com.tw |
| **郵政劃撥** | 19563868　戶名：秀威資訊科技股份有限公司 |
| **展售門市** | 國家書店【松江門市】 |
| | 104 台北市中山區松江路209號1樓 |
| | 電話：+886-2-2518-0207　傳真：+886-2-2518-0778 |
| **網路訂購** | 秀威網路書店：https://store.showwe.tw |
| | 國家網路書店：https://www.govbooks.com.tw |
| **法律顧問** | 毛國樑　律師 |
| **總 經 銷** | 聯合發行股份有限公司 |
| | 231新北市新店區寶橋路235巷6弄6號4F |
| | 電話：+886-2-2917-8022　傳真：+886-2-2915-6275 |

---

| 出版日期 | 2022年1月　BOD一版 |
| --- | --- |
| | 2022年4月　BOD一版二刷 |
| **定　　價** | 250元 |

---

讀者回函卡

國家圖書館出版品預行編目

聽夜在說話/蔡沐橙圖・文. -- 一版. --
臺北市：釀出版, 2022.01
面；　公分. -- (讀詩人；149)
BOD版
ISBN 978-986-445-570-6(平裝)

863.51　　　　　　　110019332